世界名詩選集 / 릴　　케

SEO MUN DANG'S
SCENTED TREASURY
OF WORLD POETRY
AND
FINE ART

世界名詩選集 / 송영택 譯

릴　　케

瑞文堂

릴케 차례

Ⅰ. 사랑은 어떻게 왔는가

II. 우리들은 홀로되어

III. 추억의 저편에서

릴 케——원시(原詩) / 차 례

Ⅰ. 사랑은 어떻게 왔는가

여기 이 노란 장미를

여기 이 노란 장미를
어제 그 소년(小年)이 내게 주었지.
오늘 나는 그 장미를 들고
파릇한 소년의 무덤으로 간다네.

보라! 꽃잎에는 아직
맑은 물방울이 맺혀 있네.
오늘 눈물인 이것,
어제 이슬이던 것……

DIE ROSE HIER, DIE GELBE

Die Rose hier, die gelbe,
gab gestern mir der Knab,
heut trag ich sie, dieselbe,
hin auf sein frisches Grab.

An ihren Blättern lehnen
noch lichte Tröpfchen, —schau!
Nur heute sind es Tränen,——
und gestern war es Tau……

「제 1 시집」의 연작시 〈꿈〉 중에서

PURE TEA

눈 쌓인 밤의 품 속에

은빛으로 밝은, 눈 쌓인 밤의 품 속에
이 세상 모든 것은 졸고 있다.
걷잡을 수 없는 슬픔만이
누군가의 영혼의 고독 속에 잠깨어 있을 뿐.

너는 묻는다, 영혼은 왜 말이 없느냐고,
왜 밤의 품 속으로 슬픔을 부어넣지 않느냐고.
——그러나 영혼은 알고 있다, 슬픔이 그에게서 사라지면
별들이 모두 빛을 잃고 마는 것을.

IM SCHOOß DER SILBERHELLEN SCHNEENACHT

Im Schooß der silberhellen Schneenacht
dort schlummert alles weit und breit,
und nur ein ewig wildes Weh wacht
in einer Seele Einsamkeit.

Du fragst, warum die Seele schwiege,
warum sie's in die Nacht hinaus
nicht gießt? —Sie weiß, wenns ihr entstiege,
es löschte alle Sterne aus.

블론드의 행복

블론드의 행복을 택하고 싶다.
더욱이 나는 그리움과 희구(希求)에 지쳐 버렸다.
하이얀 물이 고요한 초원을 흐르고
저녁 노을이 떡갈나무 가지를 핏빛으로 물들인다.

소녀들은 이제 집으로 돌아간다. 가슴에 꽂은 장미가 빨갛다.
멀리 그녀들의 웃음이 사라져 간다……
그리고 첫 별이 반짝여 오고
서럽기 그지없는 꿈이 되살아난다.

MÖCHTE MIR EIN BLONDES GLÜCK ERKIESEN

Möchte mir ein blondes Glück erkiesen;
doch vom Sehnen bin ich müd und Suchen.——
Weiße Wasser gehn in stillen Wiesen,
und der Abend blutet in die Buchen.

Mädchen wandern heimwärts. Rot im Mieder
Rosen; ferneher verklingt ihr Lachen……
Und die ersten Sterne kommen wieder
und die Träume, die so traurig machen.

저마다의 느낌을 깊이 새기며

저마다의 느낌을 깊이 새기면서
감미로운 소망이 가슴을 설레게 하듯
별을 떨어뜨리며 오월(五月)의 밤이
차분한 광장 위에 내려 앉을 때.

너는 가벼운 걸음걸이로 집에서 나와
반짝이는 하늘을 취하여 바라본다.
그러면 그윽한 너의 영혼이
순무꽃 피어나듯 활짝 핀다……

WIE, JEGLICHES GEFÜHL VERTIEFEND

Wie, jegliches Gefühl vertiefend,
ein süßer Drang die Brust bewegt,
wenn sich die Mainacht, sternetriefend,
auf mäuschenstille Plätze legt.

Da schleichst du hin auf sachter Sohle
und schwärmst zum blanken Blau hinauf,
und groß wie eine Nachtviole
geht dir die dunkle Seele auf……

알 수가 없네

무엇이 어떻게 되는지 알 수가 없네.
향긋한 미풍(微風) 속에
청동색 풀줄기 속에
영 잃어버린 귀뚜리의 노래.

내 영혼 속에도 깊이
서럽고 그리운 노래가 울렸지.
열병(熱病)을 앓는 아이에게는
죽은 어머니의 노래 소리가 이렇게 들리리라.

WEISS ICH DENN, WIE MIR GESCHIEHT ?

Weiss ich denn, wie mir geschieht ?
In den Lüften Düftequalmen
und in bronzebraunen Halmen
ein verlornes Grillenlied.

Auch in meiner Seele klingt
tief ein Klang, ein traurig-lieber, ——
so hört wohl ein Kind im Fieber,
wie die tote Mutter singt.

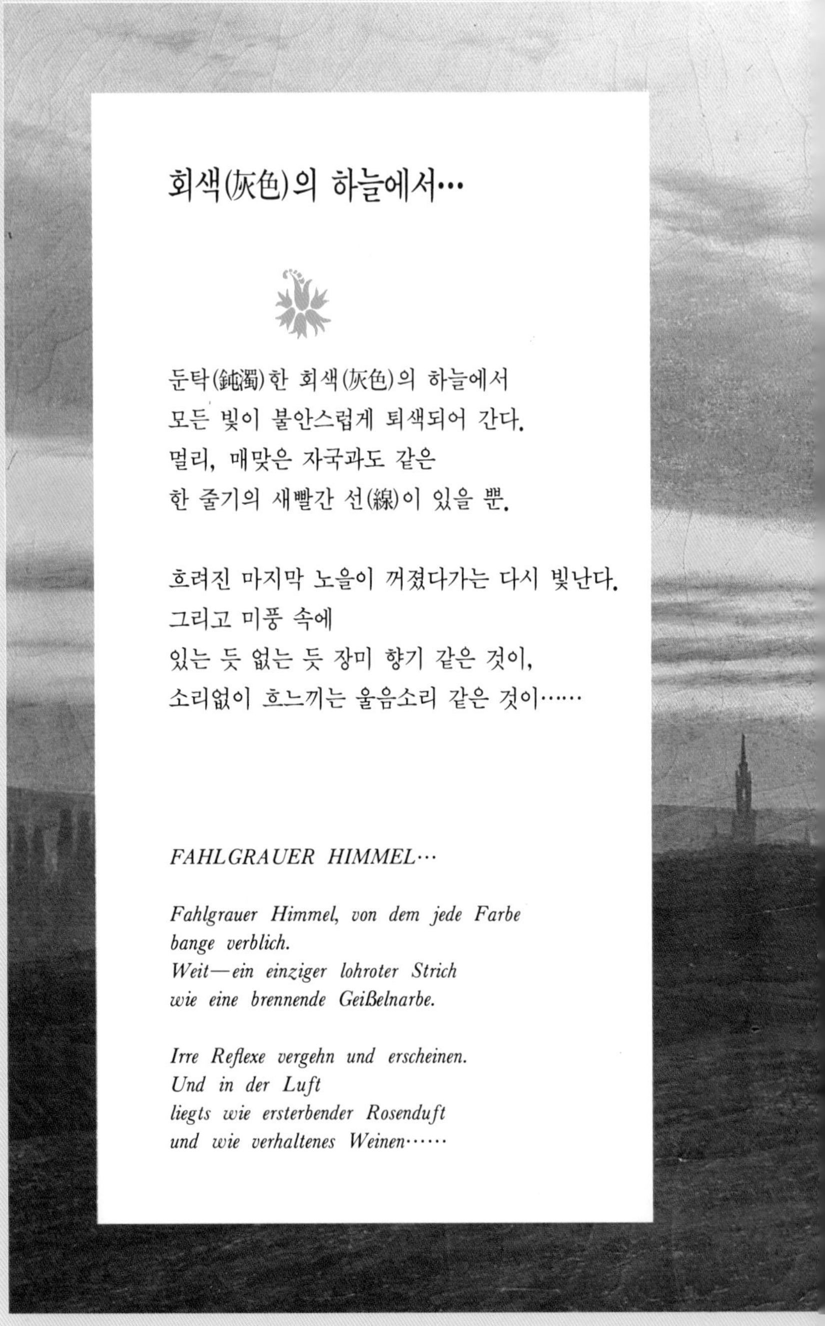

회색(灰色)의 하늘에서…

둔탁(鈍濁)한 회색(灰色)의 하늘에서
모든 빛이 불안스럽게 퇴색되어 간다.
멀리, 매맞은 자국과도 같은
한 줄기의 새빨간 선(線)이 있을 뿐.

흐려진 마지막 노을이 꺼졌다가는 다시 빛난다.
그리고 미풍 속에
있는 듯 없는 듯 장미 향기 같은 것이,
소리없이 흐느끼는 울음소리 같은 것이……

FAHLGRAUER HIMMEL…

Fahlgrauer Himmel, von dem jede Farbe
bange verblich.
Weit—ein einziger lohroter Strich
wie eine brennende Geißelnarbe.

Irre Reflexe vergehn und erscheinen.
Und in der Luft
liegts wie ersterbender Rosenduft
und wie verhaltenes Weinen……

슬픈 탄식(歎息)

참으로 슬프기만 하다.
세상이 온통 잿빛으로 잠기어 가는 듯이,
애인이 내게 입맞추어 주고는
「다시는 다시는 만나지 말아요」라고 말을 하듯이.

언덕 위에서 어느 소녀가
마지막 남아 있는 시든 장미를 내게서 몰래 훔쳐 갔기에
나는 죽어서 누워 있는데 머리 속에는
하염없는 괴로움이 고여 있는 듯.

MIR IST SO WEH, SO WEH, ALS MÜßTE

Mir ist weh, so weh, als müßte
die ganze Welt in Grau vergehn,
als ob mich die Geliebte küßte
und spräch: Auf Nimmerwiedersehn.

Als ob ich tot wär und im Hirne
mir dennoch wühlte wilde Qual,
weil mir vom Hügel eine Dirne
die letzte, blasse Rose stahl……

추 상(追想)

성스럽게 여기는 추억(追憶) 하나가
내 마음 가장 깊은 곳을 비추고 있네.
대리석 신상(神像)들의 새하얀 빛이
저문 숲에서 희미하게 빛나듯이.

지나간 나날의 행복한 추억,
사라져 가버린 오월(五月)의 추억, ——
하얀 두 손이 받쳐드는 향연(香煙), 그 곁으로
나의 조용한 나날이 성큼성큼 지나가네.

EIN ERINNERN, DAS ICH HEILIG HEIßE

Ein Erinnern, das ich heilig heiße,
leuchtet mir durchs innerste Gemüt,
so wie Götterbildermarmorweiße
durch geweihter Haine Dämmer glüht.

Das Erinnern einstger Seligkeiten,
das Erinnern an den toten Mai, ——
Weihrauch in den weißen Händen, schreiten
meine stillen Tage dran vorbei……

사랑은 어떻게 네게로 왔는가?

사랑은 어떻게 네게로 왔는가?
빛나는 태양처럼, 꽃보라처럼
아니면 기도(祈禱)처럼 왔는가? ——얘기를 들려 다오.

행복이 반짝거리며 하늘에서 풀려나와
날개를 거두고
꽃피는 나의 영혼에 크게 걸려온 것을……

UND WIE MAG DIE LIEBE DIR KOMMEN SEIN?

Und wie mag die Liebe dir kommen sein?
Kam sie wie ein Sonnen, ein Blütenschnein,
kam sie wie ein Beten?—Erzähle:

Ein Glück löste leuchtend aus Himmeln sich los
und hing mit gefalteten Schwingen groß
an meiner blühenden Seele……

「제 1 시집」의 연작시 〈사랑〉 중에서

흰 국화가 피어 있는 날

흰 국화(菊花)가 피어 있는 날이었지.
그 짙은 화사함에 어쩐지 마음이 불안하였지……
그날 밤 늦게 조용히 네가 찾아와
내 영혼을 빼앗아 갔네.

나는 불안하였지. 그런데 아주 살짜기 네가 찾아왔지.
마침 꿈 속에서 나는 너를 생각하고 있었지.
네가 오고 동화(童話)에서처럼 은은히
밤이 울려퍼졌네.

DAS WAR DER TAG DER WEIßEN CHRYSANTHEMEN

Das war der Tag der weißen Chrysanthemen,——
mir bangte fast vor seiner schweren Pracht……
Und dann, dann kamst du mir die Seele nehmen
tief in der Nacht.

Mir war so bang, und du kamst lieb und leise,——
ich hatte grad im Traum an dich gedacht.
Du kamst, und leis wie eine Märchenweise
erklang die Nacht……

빛나는 은(銀)빛 옷을 입은 밤은

빛나는 은(銀)빛 옷을 입은 밤은
한 움큼의 꿈을 뿌린다.
꿈이 속속들이 마음 속 깊이까지 스며들어
나는 취(醉)한다.

어린아이들이 금빛 호도(胡桃)와
불빛으로 가득한 크리스마스를 보듯
나는 본다. 네가 오월(五月)의 밤을 걸으며
꽃송이 송이마다 입맞추어 주는 것을.

DIE NACHT IM SILBERFUNKENKLEID

Die Nacht im Silberfunkenkleid
streut Träume eine Handvoll,
die füllen mir mit Trunkenheit
die tiefe Seele randvoll.

Wie Kinder eine Weihnacht sehn
voll Glanz und goldnen Nüssen,——
seh ich dich durch die Mainacht gehn
und alle Blumen küssen.

너는 아직도 기억하고 있는지…

너는 아직도 기억하고 있는지 몰라, 내가 너에게 사과를 주었던 일을,
그리고 너의 금빛 머리카락을 조용히 빗겨 올리던 일을?
너는 아직도 알고 있는지 몰라, 그때는 내가 잘 웃던 때였던 것을,
그리고 너는 철없는 어린애였던 것을.

어느덧 나는 웃지 않게 되었다.
나의 가슴 속엔 젊은 희망과 묵은 슬픔이 불타고 있었다……
언제였던가 여선생이
너에게서 「베르테르」를 빼앗던 무렵이었다.

봄이 부르고 있었다. 내가 네 뺨에 입맞추자
네 눈은 크게 기쁨에 넘쳐 나를 쳐다보았다.
일요일이었다. 멀리 종소리가 울리고
숲 사이로 햇빛이 새어 내리고 있었다.

OB DU'S NOCH DENKST···

Ob du's noch denkst, daß ich dir Äpfel brachte
und dir das Goldhaar glattstrich leis und lind?
Weißt du, das war, als ich noch gerne lachte,
und du warst damals noch ein Kind.

Dann ward ich ernst. In meinem Herzen brannte
ein junges Hoffen und ein alter Gram······
Zur Zeit, als einmal dir die Gouvernante
den 'Werther' aus den Händen nahm.

Der Frühling rief. Ich küßte dir die Wangen,
dein Auge sah mich groß und selig an.
Das war ein Sonntag. Ferne Glocken klangen,
und Lichter gingen durch den Tann······

날은 벌써 저물고…

날은 벌써 저물어 있었다. 숲은 신비(神祕)에 싸이고
송아지가 지나는 풀섶에 핏빛 시클라멘이 피어 있고
전나무의 높은 그루에 마지막 노을이 타고 있었다.
바람이 불어——짙은 향기가 흘러왔다.
먼 길을 걸었기에 너는 지쳐 있었다.
나는 속삭이듯 그리운 너의 이름을 불렀다.
그러자 네 가슴의 흰 백합(百合)의 씨앗에서
기쁨을 참지 못하여
정열에 불타는 붉은 백합이 피어 나왔다.

저녁 노을이 빨갛게 타오르고——그리움에 뜨겁게
나의 입술이 찾아낸 너의 입술도 그렇게 타고 있었다.
그리하여 갑자기 우리를 몰아치던 그 불꽃은
질투하는 옷으로 번져 나갔다……
숲은 고요하고 날은 아주 저물었다.
그러나 구세주(救世主)가 부활하시고
밝은 빛과 함께 질투와 괴로움은 사라져 갔다.
달은 우리들의 언덕에 둥그렇게 떠오르고
달의 하얀 보트에서 행복이 소리없이 피어 올랐다.

SCHON STARB DER TAG···

Schon starb der Tag. Der Wald war zauberhaft,
und unter Farren bluteten Zyklamen,
die hohen Tannen glühten, Schaft bei Schaft,
es war ein Wind,—und schwere Düfte kamen.
Du warst von unserm weiten Weg erschlafft,
ich sagte leise deinen süßen Namen:
Da bohrte sich mit wonnewilder Kraft
aus deines Herzens weißem Liliensamen
die Feuerlilie der Leidenschaft.

Rot war der Abend—und dein Mund so rot,
wie meine Lippen sehnsuchtheiß ihn fanden,
und jene Flamme, die uns jäh durchloht,
sie leckte an den neidischen Gewanden······
Der Wald war stille, und der Tag war tot.
Uns aber war der Heiland auferstanden,
und mit dem Tage starben Neid und Not.
Der Mond kam groß an unsern Hügeln landen,
und leise stieg das Glück aus weißem Boot.

봄날에선가 꿈 속에선가

어느 봄날에선가 꿈 속에선가
나 언제였던가 너를 만난 것이
지금 이 가을날을 우리는 함께 걷고 있다.
그리고 너는 내 손을 쥐고 흐느끼고 있다.

흘러가는 구름 때문에 우는가?
핏빛처럼 붉은 나뭇잎 때문인가? 그렇지 않으리.
언제였던가 한 번은 네가 행복했기 때문이리라.
어느 봄날에선가 꿈 속에선가……

IM FRÜHLING ODER IM TRAUME

Im Frühling oder im Traume
bin ich dir begegnet einst,
und jetzt gehn wir zusamm durch den Herbsttag,
und du drückst mir die Hand und weinst.

Weinst du ob der jagenden Wolken?
Ob der blutroten Blätter? Kaum.
Ich fühl es: du warst einmal glücklich
im Frühling oder im Traum……

떡갈나무 밑을 걸으며

가을답게 울긋불긋한 떡갈나무 밑을 걷고 있었다.
헤어진다는 서러움에 둘은 눈이 빨갛게 되어 있었지……
「이리 오세요, 꽃이나 찾게」
나는 괴로움에 싸여 있었다. 「벌써 시들고 없을 걸 뭐.」

내 말은 그만 울음이 되어 버렸다.
어린애처럼 미소지으며 하늘엔 파란 별이 나와 있었다.
지친 하루 해가 저물어 가고
멀리 까마귀가 울고 있었다. ——

WIR GINGEN UNTER HERBSTLICH BUNTEN BUCHEN

Wir gingen unter herbstlich bunten Buchen,
vom Abschiedsweh die Augen Beide rot……
"Mein Liebling, komm, wir wollen Blumen suchen."
Ich sagte bang: "Die sind schon tot."

Mein Wort war lauter Weinen.—In den Äthern
stand kindisch lächelnd schon ein blasser Stern.
Der matte Tag ging sterbend zu den Vätern,
und eine Dohle schrie von fern. ——

나의 투쟁(鬪爭)은

나의 투쟁(鬪爭)은
그리움에 몸을 바치며
일상적인 나날에서 벗어나는 것.
강하게 넓게
수없이 뿌리를 펴고
인생을 깊이 파고드는 것.
수많은 괴로움에 몸을 태우며
참답게 성숙(成熟)하여
목숨과 시간에서 멀리 벗어나는 것!

DAS IST MEIN STREIT

Das ist mein Streit:
Sehnsuchtgeweiht
durch alle Tage schweifen.
Dann, stark und breit,
mit tausend Wurzelstreifen
tief in das Leben greifen ——
und durch das Leid
weit aus dem Leben reifen,
weit aus der Zeit!

「제 1 시집」의 연작시 〈선물〉 중에서

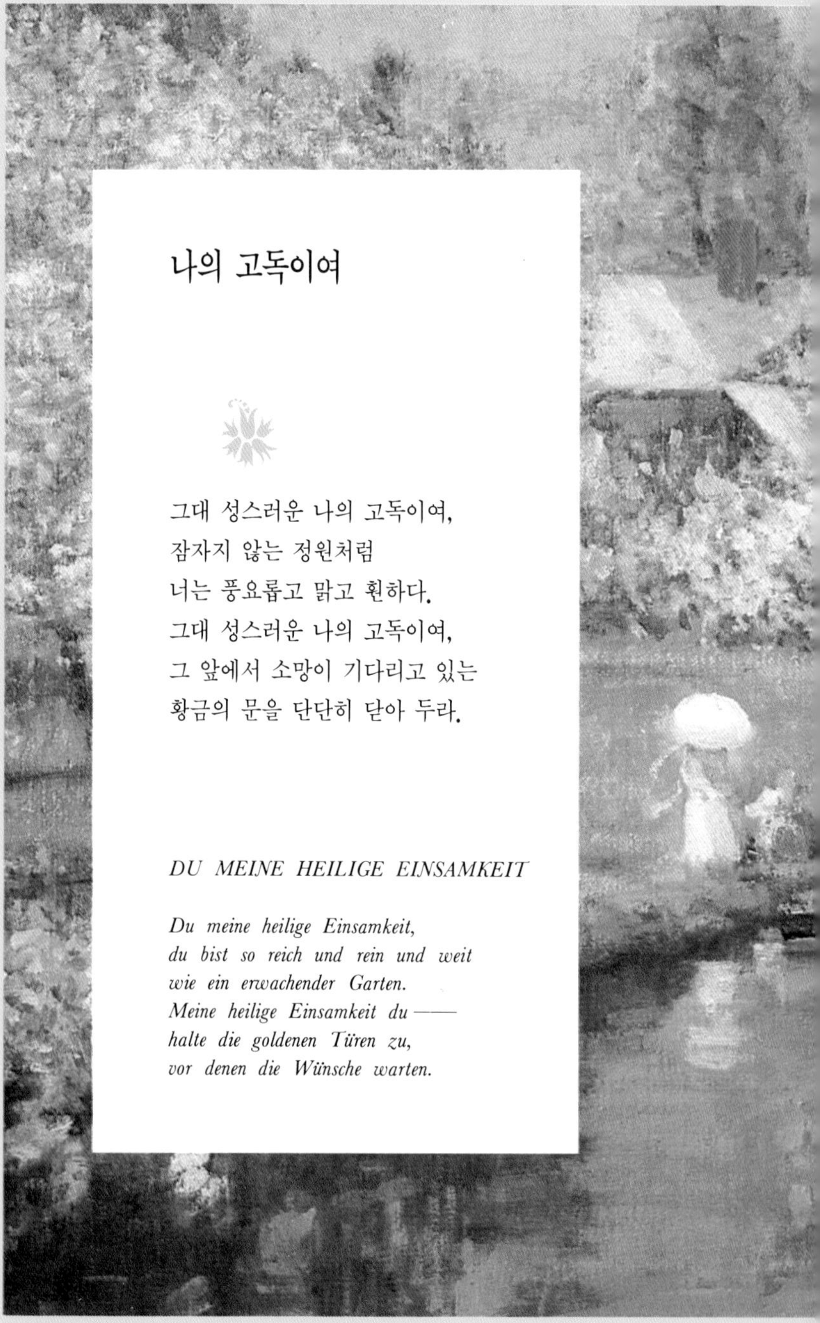

나의 고독이여

그대 성스러운 나의 고독이여,
잠자지 않는 정원처럼
너는 풍요롭고 맑고 훤하다.
그대 성스러운 나의 고독이여,
그 앞에서 소망이 기다리고 있는
황금의 문을 단단히 닫아 두라.

DU MEINE HEILIGE EINSAMKEIT

Du meine heilige Einsamkeit,
du bist so reich und rein und weit
wie ein erwachender Garten.
Meine heilige Einsamkeit du ——
halte die goldenen Türen zu,
vor denen die Wünsche warten.

냇물은 은은히 노래를 하고

냇물은 은은히 노래를 하고
먼지와 도시는 먼 곳에 있다.
가지는 여기저기 눈짓을 하여
나의 마음을 지치게 한다.

숲은 깊고 세상은 넓고
나의 마음은 밝고도 크다.
창백한 고독이 그의 무릎에
나의 머리를 포근히 눕혀 준다.

DER BACH HAT LEISE MELODIEN

Der Bach hat leise Melodien,
und fern ist Staub und Stadt.
Die Wipfel winken her und hin
und machen mich so matt.

Der Wald ist wild, die Welt ist weit,
mein Herz ist hell und groß.
Es hält die blasse Einsamkeit
mein Haupt in ihrem Schooß.

들 가운데 서서

나는 사랑하지, 잊혀진 듯이 들 가운데 서서
외롭게 누군가를 기다리는 마리아상을,
그리고 꿈에 잠겨 한적한 우물가로 나가는
머리에 꽃을 꽂은 금발의 소녀들을.

또한 별을 보고는 놀라워 눈을 뜨고
햇빛을 받으며 노래하는 아이들을,
노래를 하게 하는 밝은 대낮을,
온갖 꽃이 피어나는 깊은 밤중을.

ICH LIEBE VERGESSENE FLURMADONNEN

Ich liebe vergessene Flurmadonnen,
die ratlos warten auf irgendwen,
und Mädchen, die an einsame Bronnen,
Blumen im Blondhaar, träumen gehn.

Und Kinder, die in die Sonne singen
und staunend groß zu den Sternen sehn,
und die Tage, wenn sie mir Lieder bringen,
und die Nächte, wenn sie in Blüten stehn.

정원(庭園)에서

저물어 가는 정원(庭園)에서 둘은 손을 잡고 앉아
어디엔가 한참이나 귀기울이고 있었다.
「너의 손은 새하얀 명주……」
「어머나, 어쩌면 그런 말을……」

무엇인가 정원으로 스며들었다.
사립은 달랑이는 소리 하나 없었고
화단(花壇)의 장미꽃들은
바람도 없이 하늘거렸다.

LEHNEN IM ABENDGARTEN BEIDE

Lehnen im Abendgarten beide,
lauschen lange nach irgendwo.
"Du hast Hände wie weiße Seide……"
Und da staunt sie: "Du sagst das so……"

Etwas ist in den Garten getreten,
und das Gitter hat nicht geknarrt,
und die Rosen in allen Beeten
beben vor seiner Gegenwart.

5 월

5월이 와서 갖가지 놀라움이 쌓여 얽힐 때,
꽃가지에서 마음을 달래주는 은혜로운 축복이
조용히 방울져 떨어져 올 때,
그때 너를 만났으면 얼마나 좋으랴.

외로운 길가의 가냘픈 십자가에
재스민의 하이얀 꽃가지가 닿여서
그 위에 계옵신 주님 이마의 가시지 않는 서러운 생각을
살포시 살포시 감싸 안을 때

ICH MÖCHTE DRAUßEN DIR BEGEGNEN

Ich möchte draußen dir begegnen,
wenn Mai auf Wunder Wunder häuft,
und wenn ein leises Seelensegnen
von allen Zweigen niederträuft.

Wenn bis zum Wegkreuz auf, zum schlanken,
Jasmin die weißen Arme streckt
und lind den ewgen Wehgedanken
der Stirne Christi überdeckt.

「제 1 시집」의 연작시 〈발견〉 중에서

봄을 그대에게

갖가지의 기적(奇蹟)을 일으키는
봄을 그대에게 보이리라.
봄은 숲에서 사는 것,
도시(都市)에는 오지 않네.

쌀쌀한 도시에서
손을 잡고서
나란히 둘이서 걷는 사람만
언젠가 한 번은 봄을 볼 수 있으리.

WILL DIR DEN FRÜHLING ZEIGEN

Will dir den Frühling zeigen,
der hundert Wunder hat.
Der Frühling ist waldeigen
und kommt nicht in die Stadt.

Nur die weit aus den kalten
Gassen zu zweien gehn
und sich bei den Händen halten ——
dürfen ihn einmal sehn.

탄 식(歎息)

아, 어쩌면 이리도 모든 것이
오랜 옛날에 멀리 흘러가 버렸을까.
지금 반짝이고 있는 저 별도
이미 천년이나 전에 죽어버린 것이라고
나는 생각한다.
옆을 지나간 보트에서
무슨 근심스런 이야기가
들린 듯하다.
집에서
시계 치는 소리가 울렸는데……
어느 집일까 ?……
이 비좁은 나의 마음에서 뛰쳐나와
넓은 하늘 아래로도 나가고 싶다.
그리고 기도를 드리고 싶다.
모든 별 중에서 어느 하나 쯤은
지금도 정말 살아 있을지 모른다.
나는 알 것 같다,
어느 별이
고독하게 홀로 살아왔는가를.
어느 별이, 새하얀 도시처럼
천국의 빛의 끝자리에 서 있는가를……

KLAGE

O wie ist alles fern
und lange vergangen.
Ich glaube, der Stern,
von welchem ich Glanz empfange,
ist seit Jahrtausenden tot.
Ich glaube, im Boot,
das vorüberfuhr,
hörte ich etwas Banges sagen.
Im Hause hat eine Uhr
geschlagen……
In welchem Haus?……
Ich möchte aus meinem Herzen hinaus
unter den großen Himmel treten.
Ich möchte beten.
Und einer von allen Sternen
müßte wirklich noch sein.
Ich glaube, ich wüßte,
welcher allein
gedauert hat, ——
welcher wie eine weiße Stadt
am Ende des Strahls in den Himmeln steht……

나는 서러웠다

나는 서러웠다. 너의 얼굴은 창백하고 불안에 싸여 있었다.
꿈에서였다. 너의 영혼이 노래하고 있었다.

들릴 듯 말 듯 은은히 나의 영혼도 노래 불렀다.
두 영혼은 서로에게 노래 불렀다, 「나는 서러웠다」고.

그러자 나의 깊숙한 곳이 차분히 가라앉았다.
꿈과 대낮의 갈림길 같은 은빛으로 빛나는 하늘에
나는 누워 있었다.

MIR WAR SO WEH…

Mir war so weh, Ich sah dich blaß und bang.
Das war im Traum. Und deine Seele klang.

Ganz leise tönte meine Seele mit.
und beide Seelen sangen sich: Ich litt.

Da wurde Friede tief in mir. Ich lag
im Silberhimmel zwischen Traum und Tag.

Ⅱ. 우리들은 홀로되어

그리움이란

그리움이란, 출렁이는 물결 속에 살고
시간 속에 고향을 갖지 않는 것.
소망이란, 나날의 시간들이 속삭이는
영원과의 나직한 대화.

삶이란, 어제의 모든 시간에서
가장 고독한 시간이 부풀어 오를 때까지인 것.
다른 시간들과는 다른 미소로
영원한 것을 마주하여 침묵하면서.

DAS IST DIE SEHNSUCHT…

Das ist die Sehnsucht: wohnen im Gewoge
und keine Heimat haben in der Zeit.
Und das sind Wünsche: leise Dialoge
täglicher Stunden mit der Ewigkeit.

Und das ist Leben. Bis aus einem Gestern
die einsamste von allen Stunden steigt,
die, anders lächelnd als die andern Schwestern,
dem Ewigen entgegenschweigt.

「초기시집」의 연작시 〈그리움〉의 서시

삶

요란한 삶을 추구치 않고
서름한 날을 남에게 물을 생각이 없다.
나는 느낀다, 내 자신이
선선한 곳으로 꽃받침을 높이는 하얀 꽃으로 피어나옴을.

봄날의 흙 속에 뿌리를 펴고 깊은 것은 빨아들여서
많은 것들이 움터 나온다.
축복해 주지 않는 여름철이 온다 해도
그들은 이제 무릎 꿇고 몸을 굽히지 않으리.

ICH WILL NICHT LANGEN NACH DEM LAUTEN LEBEN

Ich will nicht langen nach dem lauten Leben
und keinen fragen nach dem fremden Tage:
Ich fühle, wie ich weiße Blüten trage,
die in der Kühle ihre Kelche heben.

Es drängen Viele aus den Frühlingserden,
darinnen ihre Wurzeln Tiefen trinken,
um nicht mehr könnend in die Knie zu sinken
vor Sommern, die sie niemals segnen werden.

「초기시집」의 연작시 〈그리움〉 중에서

인 생

인생을 이해하려 해서는 안된다.
인생은 축제일과 같은 것.
하루하루를 일어나는 그대로 살아나가라.
길을 걷는 어린 아이가
바람이 불 때마다
온 몸에 꽃잎을 받아들이듯.

어린 아이는 꽃잎을 주워서
모아 둘 생각은 하지 않는다.
머리카락에 머문 꽃이파리를
가볍게 털어 버린다.
그러나 이미 앳된 나이의
새로운 꽃잎으로 손을 내밀고 있다.

DU MUSST DAS LEBEN NICHT VERSTEHEN

Du mußt das Leben nicht verstehen,
dann wird es werden wie ein Fest.
Und laß dir jeden Tag geschehen
so wie ein Kind im Weitergehen
von jedem Wehen
sich viele Blüten schenken läßt.

Sie aufzusammeln und zu sparen,
das kommt dem Kind nicht in den Sinn.
Es löst sie leise aus den Haaren,
drin sie so gern gefangen waren,
und hält den lieben jungen Jahren
nach neuen seine Hände hin.

지난날 네가 나를 보았을 때

지난날 네가 나를 보았을 때
나는 아직도 철없는 어린 아이.
한 가닥 가냘픈 보리수 가지처럼
조용히 네 마음에 피어들었다.

어린 탓으로 하여 이름도 없이
그리움 속에서 헤매었나니,
이름지을 수 없을 만큼 자랐노라고
네가 말하는 지금 이 시간까지.

이제 느껴 아노니, 신화(神話)와 오월(五月)
바다와 나는 지금 한몸인 것을.
또한 포도주 향기처럼 네 영혼 속에서
짙게 번져 나감을……

ALS DU MICH EINST GEFUNDEN HAST

Als du mich einst gefunden hast,
da war ich klein, so klein,
und blühte wie ein Lindenast
nur still in dich hinein.

Vor Kleinheit war ich namenlos
und sehnte mich so hin,
bis du mir sagst, daß ich zu groß
für jeden Namen bin:

Da fühl ich, daß ich eines bin
mit Mythe, Mai und Meer,
und wie der Duft des Weines bin
ich deiner Seele schwer……

「초기시집」의 연작시 〈소녀상〉 중에서

나는 외로운 고아(孤兒)

나는 외로운 고아(孤兒).
나에게 이야기를 들려 준 사람은 하나도 없다.
아이들의 마음을
강하게 부드럽게 달래주는 이야기를.

어디서 이야기를 들을 수 있을까?
누가 나에게 들려 주려나?
그에게 들려 줄 이야기를 나는 아는데,
바다에게 전해 오는 온갖 전설(傳說)을.

ICH BIN EINE WAISE

Ich bin eine Waise. Nie
hat jemand um meinetwillen
die Geschichten berichtet, die
die Kinder bestärken und stillen.

Wo kommt mir das plötzlich her?
Wer hat es mir zugetragen?
Für ihn weiß ich alle Sagen
und was man erzählt am Meer.

작은 거룻배

너희들 소녀는 작은 거룻배.
언제나 시간의 강가에 매어져 있어
너희들의 얼굴은 창백하다.
생각지도 않고 너희들은 세찬 바람에 몸을 맡긴다.
너희들의 꿈은 작은 못.
여러 번 바닷바람이 불어와
밧줄이 다할 때까지 너희들을 끌고 간다.
하여 너희들은 그 바람을 좋아한다.
누이들이여, 지금 우리는 황금의 끈으로
동화의 조가비를 끌고 가는
백조들이다.

IHR MÄDCHEN SEID WIE DIE KÄHNE

Ihr Mädchen seid wie die Kähne;
an die Ufer der Stunden
seid ihr immer gebunden, ——
darum bleibt ihr so bleich;
ohne hinzudenken,
wollt ihr den Winden euch schenken:
euer Traum ist der Teich.
Manchmal nimmt euch der Strandwind
mit bis die Ketten gespannt sind
und dann liebt ihr ihn:
  Schwestern, jetzt sind wir Schwäne,
  die am Goldgesträhne
  die Märchenmuschel ziehn.

「초기시집」의 연작시 〈소녀들의 노래〉 중에서

무슨 일이 일어나게 하옵소서

저희들에게 무슨 일이 일어나게 하옵소서!
목숨을 향하여 이렇게 떨고 있음을 굽어보소서.
저희들은 높이 솟아오르고자 하옵니다.
광명처럼, 노래처럼.

MACH, DAß ETWAS UNS GESCHIEHT

Mach, daß etwas uns geschieht!
Sieh, wie wir nach Leben beben.
Und wir wollen uns erheben
wie ein Glanz und wie ein Lied.

「초기시집」의 연작시 〈마리아께 드리는
소녀들의 기도〉의 서시

굽어보소서…

굽어보소서. 저희들의 나날은 이렇게 좁고
밤의 거실은 불안에 가득합니다.
저희들은 모두 한결같이
붉은 장미를 그리워합니다.

마리아여, 저희들에게 자비로우셔야 합니다.
저희들은 모두 당신의 핏줄에서 태어납니다.
하여 당신만은 아십니다,
그리움이란 참으로 서러운 것임을.

당신은 아십니다. 소녀의 마음의 이 슬픔을.
소녀의 마음은 스스로를
크리스마스에 내리는 눈처럼 여기며,
그러나 뜨겁게 타오릅니다.

SCHAU,…

Schau, unsre Tage sind so eng
und bang das Nachtgemach;
wir langen alle ungelenk
den roten Rosen nach.

Du mußt uns milde sein, Marie,
wir blühn aus deinem Blut,
und du allein kannst wissen, wie
so weh die Sehnsucht tut;

du hast ja dieses Mädchenweh
der Seele selbst erkannt:
sie fühlt sich an wie Weihnachtsschnee,
und steht doch ganz in Brand……

「초기시집」의 연작시 〈마리아께 드리는 소녀들의 기도〉 중에서

마리아여

마리아여
당신이 눈물 흘리심을——저는 압니다.
저도 울고 싶습니다
당신의 영광을 위하여.
돌 위에 가만히 이마를 대고
조용히 흐느끼고 싶습니다.

당신의 두 손은 뜨겁습니다.
그 손에 저의 손이 닿았더라면
당신의 노래 하나 남았을 것을.

그러나 시간은 죽어갑니다, 유언도 없이……

MARIA

Maria,
du weinst,—ich weiß.
Und da möcht ich weinen
zu deinem Preis.
Mit der Stirne auf Steinen
weinen……

Deine Hände sind heiß;
könnt ich dir Tasten darunterschieben,
dann wäre dir doch ein Lied geblieben.

Aber die Stunde stirbt ohne Vermächtnis······

제 밝은 머리카락이 짐스러워요

제 밝은 머리카락이 짐스러워요.
봄이 거의 무르익었음을 알기에
꽃 피어나면서도
벌써 퇴색하여 무거워진
레몬나무의 가지 하나가
머리카락 속에서 자라나는 것 같아요.

이 불안스러운 장식을
저에게서 거두어 주옵소서!
당신은 아직도 신선하고, 초록에 덮여 있습니다,
당신의 가시 덤불에 섞여
당신의 소녀들이 미르테처럼 꽃피어 있사옵기에.

MIR WIRD MEIN HELLES HAAR ZUR LAST

Mir wird mein helles Haar zur Last,
als wäre drin verwühlt
ein dunkler Limonenast,
der schon in seinem Blühn verblaßt
und schwerer wird, weil er schon fast
erfüllt den Frühling fühlt.

Nimm du von mir
die bange Zier!
Du bist noch kühl und grün,
weil unter deinen Dornen dir
die Mädchenmyrten blühn.

남들이 다 말하기를…

남들이 다 말합니다, 「너는 시간이 많다.
무엇이 또 부족한가 ?」고——
저는 금붙이가 부족합니다.
어린애의 옷으로는 걸을 수 없습니다.
벌써 남들이 다 신부(新婦)다웁고
밝고 엄숙하기에.

얼마간의 공간(空間)이 부족할 뿐입니다.
저는 지금 추방(追放)되고 있습니다.
저의 꿈은 보다 더 좁아져 갑니다.
비단옷의 깃에서 높이 두 손을
꽃피는 나무까지 쳐들 수 있는
그 만큼의 공간이……

SIE SAGEN ALLE···

Sie sagen alle: Du hast Zeit,
was kann dir fehlen, Kind? ——
Mir fehlt ein goldenes Geschmeid.
Ich kann nicht gehn im Kinderkleid,
wenn alle schon so brautbereit
und hell und heilig sind.

Nichts fehlt mir, als ein wenig Raum,
ich bin in einem Bann,
und immer enger wird mein Traum.
Nur Raum, daß aus dem Seidensaum
ich hoch bis in den Blütenbaum
die Hände heben kann······

우리들은 모두 홀로되어

우리들은 모두 무섭게도 홀로되어
서로서로 의지(依支)하고 있다.
말이라는 것은
방황(彷徨)하는 우리들 앞에 있는
숲과 같은 것.
우리가 피어나는 꽃 속의 그리움일 때
우리들의 의지(意志)는
우리들을 몰아치는 바람일 따름.

WIR SIND GANZ ANGSTALLEIN

Wir sind ganz angstallein,
haben nur aneinander Halt,
jedes Wort wird wie ein Wald
vor unserm Wandern sein.
Unser Wille ist nur der Wind,
der uns drängt und dreht,
weil wir selber die Sehnsucht sind,
die in Blüten steht.

「초기시집」의 연작시 〈대리석 주상(柱像)〉 중에서

누가 나에게 말할 수 있을까…

누가 나에게 말할 수 있을까
나의 목숨이 어디에 가 닿으리라고?
나는 비바람 속을 헤매며
때로는 못 위에 번져가는 잔물결이 아닐까.
차가운 봄날씨에 얼어붙은 자작나무의
창백한 모습이 바로 내가 아닐까?

KANN MIR EINER SAGEN…

Kann mir einer sagen, wohin
ich mit meinem Leben reiche?
Ob ich nicht auch noch im Sturme streiche
und als Welle wohne im Teiche,
und ob ich nicht selbst noch die blasse, bleiche
frühlingfrierende Birke bin?

신(神)이 와 말할 때까지…

신(神)이 와서 「나는 존재(存在)한다」고 말할 때까지
너는 기다려서는 안된다.
그의 힘을 스스로 밝히는
그러한 신(神)이란 의미(意味)가 없다.
처음부터 너의 내면(內面)에
신(神)이 바람처럼 일고 있음을 알아야 한다.
하여, 너의 마음이 달아오르고 비밀(祕密)을 지킬 때
신(神)은 그 속에서 창조(創造)를 한다.

DU DARFST NICHT WARTEN, BIS GOTT…

Du darfst nicht warten, bis Gott zu dir geht
und sagt: Ich bin.
Ein Gott, der seine Stärke eingesteht,
hat keinen Sinn.
Da mußt du wissen, daß dich Gott durchweht
seit Anbeginn,
und wenn dein Herz dir glüht und nichts verrät,
dann schafft er drin.

숲의 가을을 너는 아직도 모르네

숲의 가을을 너는 아직도 모르네
소녀들이 즐겁게 웃음을 남기고 지나가는.
때때로 먼 아름다운 추억처럼
포도 향기가 네 마음에 와 닿을 뿐.
소녀들은 귀를 기울인다. 그리고 그 중의 하나가
다시 만날 날을 위한 슬픈 노래를 부른다.

누군가가 이별을 알리는 듯 미풍에 덩굴이 흔들리네.
오솔길에 피어 있는 장미는 모두 생각에 잠겼다.
그들의 여름철이 시들어가는 것을
그리고 여름철의 그 밝은 두 손이
무르익은 열매에서 손을 떼고 가는 것을
그들은 가만히 보고만 있다.

NOCH AHNST DU NICHTS VOM HERBST DES HAINES

Noch ahnst du nichts vom Herbst des Haines,
drin lichte Mädchen lachend gehn;
nur manchmal küßt wie fernes, feines
Erinnern dich der Duft des Weines, ——
sie lauschen, und es singt wohl eines
ein wehes Lied vom Wiedersehn.

In leiser Luft die Ranken schwanken,
wie wenn wer Abschied winkt.—Am Pfad
stehn alle Rosen in Gedanken;
sie sehen ihren Sommer kranken,
und seine hellen Hände sanken
leise von seiner reifen Tat.

「초기시집」의 연작시 〈소녀들의 노래〉 중에서

너희들 소녀들은…

너희들 소녀들은
저물어 가는 4월의 정원(庭園).
하고많은 길 위로 봄은 헤매어
아직도 어느 곳에 머물지 못하네.

IHR MÄDCHEN SEID…

Ihr Mädchen seid wie die Gärten
am Abend im April:
Frühling auf vielen Fährten,
aber noch nirgends ein Ziel.

「초기시집」의 연작시 〈소녀들의 노래〉의 서시

파도가 침묵하지 않듯이

파도가 너희들을 위해 침묵하지 않듯이
너희들도 조용하지 않고
언제나 파도처럼 노래 부른다.
너희들이 마음 속 깊이 원하는 것은
모두가 다 노래가 된다.

미(美)의 수줍음이 너희들의 가슴에
그러한 노래를 자라나게 하는가?
너무나 앳된 소녀의 슬픔이 노래가 되어서 울려 오는가——
누구를 위하여 울려 오는가?

살포시 그리움이 찾아들 듯이
노래는 그렇게 살며시 와서
천천히 너희들의 신랑과 함께 어느덧 사라져 가버릴 것을……

DIE WELLE SCHWIEG EUCH NIE

Die Welle schwieg euch nie,
so seid auch ihr nie still
und singt wie sie;
und was tiefinnen euer Wesen will,
wird Melodie.

Und ließ den Klang in euch der Schönheit Scham
erstehn?
Erweckte ihn ein junger Mädchengram——
um wen?

Die Lieder kamen, wie das Sehnen kam,
und werden langsam mit dem Bräutigam
vergehn……

귀　항(歸港)

소녀들은 먼 바다에서
항구(港口)로 돌아오는 배를 보고 있다.
두려운 듯이 서로 다가서서
하얀 바닷물이 저물어 가는 것을 바라보고 있다.
저뭄이란 언제나 이렇듯
불안(不安)에 싸이는 것이다.

그러나 이러한 귀항(歸港)이 또 있을까.
힘없이 지쳐 있는 바다에서 돌아오는 배들은
공허(空虛)하고 큰 검은 그림자.
마스트의 깃발도 나부끼지 않는다.
모든 배가 어느 한 사람에게
정복(征服)당한 것만 같다.

DIE MÄDCHEN SEHN: DER KAHNE···

Die Mädchen sehn: der Kähne Fahrt
kehrt fernher hafenein,
und schauen scheu und dichtgepaart,
wie schwer das weiße Wasser ward:
denn das ist so des Abends Art,
wie eine Angst zu sein.

Und so ist keine Wiederkehr:
Es kommen von dem müden Meer
die Schiffe schwarz und groß und leer,
kein Wimpel oben fliegt:
als hätte alle irgendwer
besiegt.

Ⅲ. 추억의 저편에서

사랑의 여인

그렇습니다, 저는 당신을 그리워합니다.
몸을 가누지 못하고 자신의 손에서
미끄러져 나가는 것입니다.
당신에게서 오는 듯이, 진지하고 주저없이 그리고 한결같이
저에게로 밀려드는 것에 저항(抵抗)할 생각도 없이.

……그 시절. 아 그때는 분명 저는 제 자신이었습니다.
저를 부르는 아무것도, 저를 배반하는 아무것도 없는.
저의 정적(靜寂)은 돌의 정적이었습니다,
그 위로 시냇물이 살랑이며 흘러가는.

그러나 지금 이 봄날 몇 주일에
그 무의식(無意識)의 어둑한 세월로부터
그 무엇이 저를 격리시킨 것입니다.
저의 가장 훈훈한 생명을
누군가의 손에 넘겨버린 것입니다,
어제까지의 제가 무엇이었는지도 모르는 사람의 손에.

「형상시집」 중에서

DIE LIEBENDE

Ja ich sehne mich nach dir. Ich gleite
mich verlierend selbst mir aus der Hand,
ohne Hoffnung, daß ich Das bestreite,
was zu mir kommt wie aus deiner Seite
ernst und unbeirrt und unverwandt.

······jene Zeiten: O wie war ich Eines,
nichts was rief und nichts was mich verriet;
meine Stille war wie eines Steines,
über den der Bach sein Murmeln zieht.

Aber jetzt in diesen Frühlingswochen
hat mich etwas langsam abgebrochen
von dem unbewußten dunkeln Jahr.
Etwas hat mein armes warmes Leben
irgendeinem in die Hand gegeben,
der nicht weiß was ich noch gestern war.

진 보(進步)

나의 깊은 생명이 다시 드높게 나달거린다,
보다 넓은 물가를 지금 걸어가고 있는 듯이.
사물들은 점점 나와 친해지고
모든 형상은 더욱 더 명확해진다.
나는 이름 없는 것에 더욱 깊은 신뢰감을 느낀다.
새와 같은 감각으로 참나무 가지에서
바람 부는 하늘로 날아오르고,
나의 감정은 못물의 굴절된 햇빛 속으로
물고기의 등에 올라탄 것처럼 잠겨든다.

FORTSCHRITT

Und wieder rauscht mein tiefes Leben lauter,
als ob es jetzt in breitern Ufern ginge.
Immer verwandter werden mir die Dinge
und alle Bilder immer angeschauter.
Dem Namenlosen fühl ich mich vertrauter:
Mit meinen Sinnen, wie mit Vögeln, reiche
ich in die windigen Himmel aus der Eiche,
und in den abgebrochnen Tag der Teiche
sinkt, wie auf Fischen stehend, mein Gefühl.

천　사(天使)

천사(天使)들은 모두 지친 입과
가장자리 없는 밝은 영혼을 가지고 있다.
그리고 동경이(아마도 죄를 향한 동경이)
때때로 그들의 꿈을 스쳐간다.

천사들은 서로가 아주 닮았다.
신(神)의 정원에서 천사들은 말이 없다,
신의 힘과 선율(旋律) 속의
많은, 참으로 많은 인터벌(音程)처럼.

날개를 펼 때만
그들은 바람을 일으키는 자.
마치 조각가와도 같은 큼직한 손으로
신이 천지창조의 어둑한 책장을
펼쳐 나갈 때처럼.

DIE ENGEL

Sie haben alle müde Münde
und helle Seelen ohne Saum.
Und eine Sehnsucht(wie nach Sünde)
geht ihnen manchmal durch den Traum.

Fast gleichen sie einander alle;
in Gottes Gärten schweigen sie,
wie viele, viele Intervalle
in seiner Macht und Melodie.

Nur wenn sie ihre Flügel breiten,
sind sie die Wecker eines Winds:
als ginge Gott mit seinen weiten
Bildhauerhänden durch die Seiten
im dunklen Buch des Anbeginns.

고 요

너에게는 들리겠지, 사랑하는 이여, 나는 두 손을
높이 올린다——
너에게는 들리겠지, 이 살랑거리는 소리가……
고독한 사람의 몸짓에는 모두
많은 사물들이 귀를 기울이고 있지 않을까?
너에게는 들리겠지, 사랑하는 이여, 나는 눈을 감는다.
이것도 소리가 되어 너의 귀에 닿는다.
너에게는 들리겠지, 사랑하는 이여, 나는 다시 손을 올린다……
……그런데 너는 왜 여기 없는가.

보일 듯 말 듯한 나의 움직임이
비단 같은 고요 속에 뚜렷이 떠오른다.
있는 듯 없는 듯한 흔적이
먼 곳 드리운 장막에 지워버릴 수 없게 떠오른다.
나의 숨결에 따라
별이 보였다 가렸다 한다.
마시란 듯이 나의 입술에 향기가 밀려오면,
나는 멀리 있는 천사들의
손목을 알아 본다.
그러나 내가 생각하는 너만은,
너만은 나에게는 보이지 않는다.

DIE STILLE

Hörst du, Geliebte, ich hebe die Hände——
hörst du: es rauscht……
Welche Gebärde der Einsamen fände
sich nicht von vielen Dingen belauscht?
Hörst du, Geliebte, ich schließe die Lider,
und auch das ist Geräusch bis zu dir.
Hörst du, Geliebte, ich hebe sie wieder……
……aber warum bist du nicht hier.

Der Abdruck meiner kleinsten Bewegung
bleibt in der seidenen Stille sichtbar;
unvernichtbar drückt die geringste Erregung
in den gespannten Vorhang der Ferne sich ein.
Auf meinen Atemzügen heben und senken
die Sterne sich.
Zu meinen Lippen kommen die Düfte zur Tränke,
und ich erkenne die Handgelenke
entfernter Engel.
Nur die ich denke: Dich
seh ich nicht.

신 부(新婦)

저를 불러 주세요, 그리운 이여, 소리 높이
저를 불러 주세요!
당신의 신부(新婦)를 이토록 오래 창가에 서 있게
해서는 안됩니다.
늙은 플라타너스의 가로수길에서
저녁은 벌써 잠이 들었습니다.
가로수길은 텅 비어 있습니다.

그러하오니 당신이 와서 저를 불러
조용한 집안으로 데려가지 않는다면
하는 수 없이 저는 스스로 손을 놓고
어둑한 정원으로
스며들어 가야만 하겠습니다.

DIE BRAUT

Ruf mich, Geliebter, ruf mich laut!
Laß deine Braut nicht so lange am Fenster stehn.
In den alten Platanenalleen
wacht der Abend nicht mehr:
sie sind leer.

Und kommst du mich nicht in das nächtliche Haus
mit deiner Stimme verschließen,
so muß ich mich aus meinen Händen hinaus
in die Gärten des Dunkelblaus
ergießen……

예 감(豫感)

나는 원경(遠景)에 둘러싸인 깃발과 같다.
아래쪽에는 아직 아무것도 움직이지 않지만,
나는 불어올 바람을 예감(豫感)하고, 살아야 한다.
문은 아직도 조용히 닫혀 있고 난로에는 고요가
깃들어 있다.
창문(窓門)은 아직 떨지 않고 먼지도 두텁게 쌓여 있다.

그때 벌써 나는 폭풍이 올 것을 알고 바다처럼 출렁인다.
나는 몸을 펴고, 자신 속에 빠져들고,
몸을 내던져서 완전히 홀로
세찬 폭풍 속에 있다.

VORGEFÜHL

Ich bin wie eine Fahne von Fernen umgeben.
Ich ahne die Winde, die kommen, und muß sie leben,
während die Dinge unten sich noch nicht rühren:
die Türen schließen noch sanft, und in den Kaminen ist Stille;
die Fenster zittern noch nicht, und der Staub ist noch schwer.

Da weiß ich die Stürme schon und bin erregt wie das Meer.
Und breite mich aus und falle in mich hinein
und werfe mich ab und bin ganz allein
in dem großen Sturm.

이 웃

누가 켜는지도 모르는 바이올린이여, 나를 뒤쫓고 있는가?
얼마나 많은 타국의 도시에서
너의 고독한 밤이 나의 밤에 말을 건네 왔던가?
수백의 사람들이 너를 켜는 것인가? 혹은 한 사람인가?

네가 없으면
이미 강물 속에 자신을 잃었을 그런 사람들이
대도시마다 살고 있는가?
왜 그 소리가 늘 나를 따라다니는가?

나는 왜 언제나 그들의 이웃이 되어야 하는가.
너로 하여금 「생명은 보다 무거운 것,
모든 사물의 무게보다도」라고
조심스레 노래하고 또 말하게 하는 그런 사람들의.

DER NACHBAR

Fremde Geige, gehst du mir nach?
In wieviel fernen Städten schon sprach
deine einsame Nacht zu meiner?
Spielen dich hunderte? Spielt dich einer?

Giebt es in allen großen Städten
solche, die sich ohne dich
schon in den Flüssen verloren hätten?
Und warum trifft es immer mich?

Warum bin ich immer der Nachbar derer,
die dich bange zwingen zu singen
und zu sagen: Das Leben ist schwerer
als die Schwere von allen Dingen.

고 독(孤獨)

고독(孤獨)은 비와 같다.
저녁녘에 바다에서 올라와
먼 평야(平野)에서
언제나 고독한 하늘로 올라간다.
그리하여 비로소 도시 위에 떨어진다.

밤도 아닌 낮도 아닌 시각에 비는 내린다.
모든 거리가 아침으로 향할 때,
아무것도 찾지 못한 육체와 육신(肉身)이
실망하고 슬프게 헤어져 갈 때,
그리고 시새우는 사람들이 함께
하나의 침상(寢牀)에서 잠들어야 할 때.

그때, 강물과 함께 고독이 흐른다……

EINSAMKEIT

Die Einsamkeit ist wie ein Regen.
Sie steigt vom Meer den Abenden entgegen;
von Ebenen, die fern sind und entlegen,
geht sie zum Himmel, der sie immer hat.
Und erst vom Himmel fällt sie auf die Stadt.

Regnet hernieder in den Zwitterstunden,
wenn sich nach Morgen wenden alle Gassen
und wenn die Leiber, welche nichts gefunden,
enttäuscht und traurig von einander lassen;
und wenn die Menschen, die einander hassen,
in einem Bett zusammen schlafen müssen:

dann geht die Einsamkeit mit den Flüssen······

마지막 사람

나에게는 아버지의 집이 없다.
잃어버릴 집도 가진 적이 없다.
어머니는 이 세상에
나를 낳았다.
그래서 나는 지금 이 세상에 있고
점점 깊이 그 속으로 들어간다.
나는 행복과 슬픔을 안은 채
모든 것을 혼자서 견디고 있다.
그리고 내 자신이 갖가지 유산(遺産)이기도 하다.
우리 가문(家門)은 숲 속의 일곱 성에서
세 가닥 가지로 나뉘어 꽃피었다.
그리고 가문(家紋)에 지치고
이제 너무 늙어 있다. ——
그들이 남긴 것, 내가 유산으로 받은 것에는
고향(故鄕)이 없다.
두 손에, 품에,
내가 죽을 때까지 나는 그것을 지니고 있어야 한다.
왜냐하면 내가 그것을
풀어 놓으면
그것은 세상(世上)으로 떨어져서
뿌리없이
물 위를 떠돌기 때문이다.

DER LETZTE

Ich habe kein Vaterhaus,
und habe auch keines verloren;
meine Mutter hat mich in die Welt hinaus
geboren.
Da steh ich nun in der Welt und geh
in die Welt immer tiefer hinein,
und habe mein Glück und habe mein Weh
und habe jedes allein.
Und bin doch manch eines Erbe.
Mit drei Zweigen hat mein Geschlecht geblüht
auf sieben Schlössern im Wald,
und wurde seines Wappens müd
und war schon viel zu alt;——
und was sie mir ließen und was ich erwerbe
zum alten Besitze, ist heimatlos.
In meinen Händen, in meinem Schooß
muß ich es halten, bis ich sterbe.
Denn was ich fortstelle,
hinein in die Welt,
fällt,
ist wie auf eine Welle
gestellt.

추 억(追憶)

너는 기다리고 있다,
너의 삶을 무한히 풍요케 하는 한 가지 것을.
강력한 것을, 평범(平凡)치 않은 것을,
돌이 눈뜨는 것을,
너를 향한 깊은 심연(深淵)을.

책장에 꽂힌 황갈색 책들 위에
어둠이 내려앉는다.
너는 생각한다.
지나온 나라들을, 많은 모습들을,
다시 버림받은 여인들의 의상(衣裳)을.

그때 문득 너는 깨닫는다, 이것이었다고.
너는 일어선다. 그러면 너의 앞에
지나간 한 해의
불안과 형상과 기도가 서 있다.

ERINNERUNG

Und du wartest, erwartest das Eine,
das dein Leben unendlich vermehrt;
das Mächtige, Ungemeine,
das Erwachen der Steine,
Tiefen, dir zugekehrt.

Es dämmern im Bücherständer
die Bände in Gold und Braun;
und du denkst an durchfahrene Länder,
an Bilder, an die Gewänder
wiederverlorener Fraun.

Und da weißt du auf einmal: das war es.
Du erhebst dich, und vor dir steht
eines vergangenen Jahres
Angst und Gestalt und Gebet.

가을날

주여, 때가 되었습니다. 여름은 참으로 위대했습니다.
해시계 위에 당신의 그림자를 드리우시고,
들에다는 많은 바람을 풀어 놓으십시오.

마지막 과실(果實)들을 익게 하시고,
이틀만 더 남국(南國)의 햇볕을 주시어
그들을 완성시켜 마지막 단맛이
짙은 포도주 속에 스미게 하십시오.

지금 집이 없는 사람은 이제 집을 짓지 않습니다.
지금 고독한 사람은 이 후로도 고독하게 살면서
밤새워, 읽고 그리고 긴 편지를 쓸 것입니다.
그러다가 바람에 불려 나뭇잎이 날릴 때면 불안스러이
이리저리 가로수길을 헤맬 것입니다.

HERBSTTAG

Herr: es ist Zeit. Der Sommer war sehr groß.
Leg deinen Schatten auf die Sonnenuhren,
und auf den Fluren laß die Winde los.

Befiehl den letzten Früchten voll zu sein;
gieb ihnen noch zwei südlichere Tage,
dränge sie zur Vollendung hin und jage
die letzte Süße in den schweren Wein.

Wer jetzt kein Haus hat, baut sich keines mehr.
Wer jetzt allein ist, wird es lange bleiben,
wird wachen, lesen, lange Briefe schreiben
und wird in den Alleen hin und her
unruhig wandern, wenn die Blätter treiben.

가 을

잎이 진다, 멀리에선 듯 잎이 진다,
하늘의 먼 정원이 시들어가는 듯이.
거부하는 몸짓으로 잎이 진다.

그리고 깊은 밤중에 무거운 지구가 고독에 잠긴다,
다른 모든 별들에서 떨어져.

우리들 모두가 떨어진다. 이 손이 떨어진다.
보라, 다른 것들을. 모두가 떨어진다.

그러나 어느 한 사람이 있어 이 낙하를
한없이 너그러이 그의 두 손에 받아들인다.

HERBST

Die Blätter fallen, fallen wie von weit,
als welkten in den Himmeln ferne Gärten;
sie fallen mit verneinender Gebärde.

Und in den Nächten fällt die schwere Erde
aus allen Sternen in die Einsamkeit.

Wir alle fallen. Diese Hand da fällt.
Und sieh dir andre an: es ist in allen.

Und doch ist Einer, welcher dieses Fallen
unendlich sanft in seinen Händen hält.

가을의 끝

언제부턴가 나는 모든 것이
변하여 가는 것을 보아 온다.
일어서서 행동하고,
죽이고, 서럽게 하는 것들을.

흐르는 시간의 사이사이에
정원들은 어느덧 모습이 달라진다.
노랗게 물들던 정원의
누렇게 되어 버린 서서한 황폐.
길은 정말 멀기도 하였다.

지금 텅 빈 정원에서
가로수길 너머로 바라다보면
엄숙히 드리운 닫힌 하늘을
아득히 먼 바다 끝까지
거의 볼 수가 있다.

ENDE DES HERBSTES

Ich sehe seit einer Zeit,
wie alles sich verwandelt.
Etwas steht auf und handelt
und tötet und tut Leid.

Von Mal zu Mal sind all
die Gärten nicht dieselben;
von den gilbenden zu der gelben
langsamem Verfall:
wie war der Weg mir weit.

Jetzt bin ich bei den leeren
und schaue durch alle Alleen.
Fast bis zu den fernen Meeren
kann ich den ernsten schweren
verwehrenden Himmel sehn.

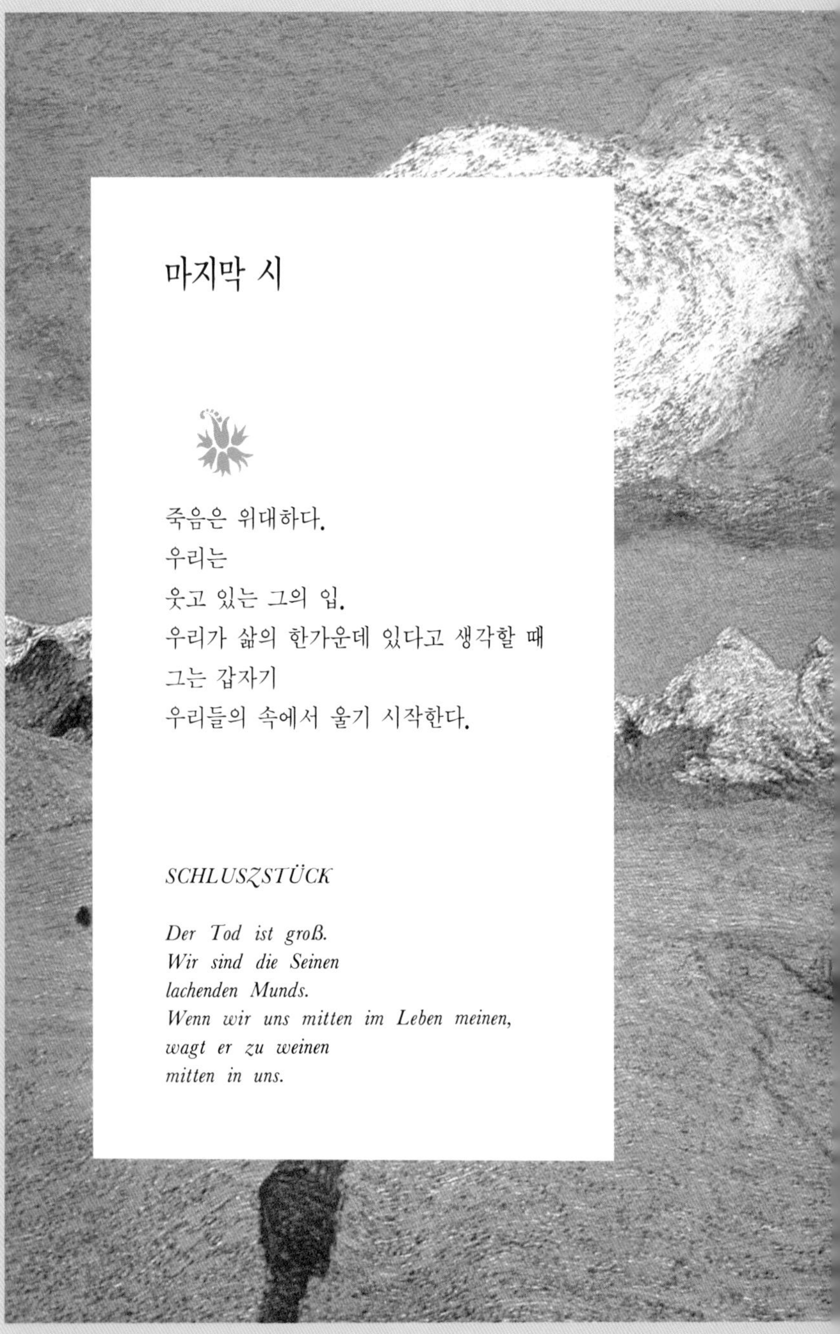

마지막 시

죽음은 위대하다.
우리는
웃고 있는 그의 입.
우리가 삶의 한가운데 있다고 생각할 때
그는 갑자기
우리들의 속에서 울기 시작한다.

SCHLUSZSTÜCK

Der Tod ist groß.
Wir sind die Seinen
lachenden Munds.
Wenn wir uns mitten im Leben meinen,
wagt er zu weinen
mitten in uns.

석상(石像)의 노래

소중한 목숨을 버릴 만큼
나를 사랑해 줄 사람은 누구일까.
나를 위하여 누군가 한 사람 바다에 익사한다면
나는 돌에서 해방되어
생명체로, 생명체로 되살아나는 것이다.

이렇게도 나는 끓어오르는 피를 그리워한다.
그러나 돌은 너무 조용하기만 하다.
나는 생명을 꿈꾼다. 생명은 참으로 좋은 것이다.
나를 잠깨울 수 있을 만큼
용기를 가진 자는 아무도 없는가.

그러나 언젠가 내가 가장 귀중한 것을 내게 주는
생명을 갖게 된다면――
…………………………
그때 나는 혼자 울리라.
내가 버린 나의 돌을 생각하며 울리라.
나의 피가 포도주처럼 익는다 하더라도 그것이
무슨 소용 있으랴.
누구보다도 나를 사랑하던 사람 하나를
바다 속에서 불러낼 수도 없는 것을.

DAS LIED DER BILDSÄULE

Wer ist es, wer mich so liebt, daß er
sein liebes Leben verstößt?
Wenn einer für mich ertrinkt im Meer,
so bin ich vom Steine zur Wiederkehr
ins Leben, ins Leben erlöst.

Ich sehne mich so nach dem rauschenden Blut;
der Stein ist so still.
Ich träume vom Leben: das Leben ist gut.
Hat keiner den Mut,
durch den ich erwachen will?

Und werd ich einmal im Leben sein,
das mir alles Goldenste giebt,——
....
so werd ich allein
weinen, weinen nach meinem Stein.
Was hilft mir mein Blut, wenn es reift wie der Wein?
Es kann aus dem Meer nicht den Einen schrein,
der mich am meisten geliebt.

엄숙한 시간

지금 세계의 어느 곳에선가 누가 울고 있다.
　　이유도 없이 울고 있는 사람은
　　나 때문에 울고 있다.

지금 밤의 어느 곳에선가 누가 웃고 있다.
　　이유도 없이 웃고 있는 사람은
　　나를 비웃고 잇다.

지금 세계의 어느 곳에선가 누가 걷고 있다.
　　정처도 없이 걷고 있는 사람은
　　내게로 오고 있다.

지금 세계의 어느 곳에선가 누가 죽어가고 있다.
　　이유도 없이 죽어가는 사람은
　　나를 응시하고 있다.

ERNSTE STUNDE

Wer jetzt weint irgendwo in der Welt,
　　ohne Grund weint in der Welt,
　　weint über mich.

Wer jetzt lacht irgendwo in der Nacht,
　　ohne Grund lacht in der Nacht,
　　lacht mich aus.

Wer jetzt geht irgendwo in der Welt,
ohne Grund geht in der Welt,
geht zu mir.

Wer jetzt stirbt irgendwo in der Welt,
ohne Grund stirbt in der Welt:
sieht mich an.

서 시(序詩)

네가 누구이든 좋다. 저녁녘에는 바깥으로 나오라,
속속들이 내부를 알고 있는 네 방(房)에서.
너의 집은 원경(遠景) 앞에 마지막 집으로 서 있다.
네가 누구이든 좋다.
닳아빠진 낡은 문지방에서,
피로에 지쳐 겨우 풀려나온 눈으로
너는 서서히 검은 수목(樹木)을 일으켜
하늘 앞에 세운다, 가냘프게 홀로.
이리하여 너는 세계를 이루었다. 그것은 위대(偉大)하고,
아직도 침묵 속에서 익어가는 한 마디의 말 같다.
하여, 너의 의지가 그 의미(意味)를 이해하게 되면
너의 눈은 상냥히 세계를 놓아 준다……

EINGANG

Wer du auch seist : am Abend tritt hinaus
aus deiner Stube, drin du alles weißt ;
als letztes vor der Ferne liegt dein Haus :
wer du auch seist.
Mit deinen Augen, welche müde kaum
von der verbrauchten Schwelle sich befrein,
hebst du ganz langsam einen schwarzen Baum
und stellst ihn vor den Himmel : schlank, allein.
Und hast die Welt gemacht. Und sie ist groß
und wie ein Wort, das noch im Schweigen reift.
Und wie dein Wille ihren Sinn begreift,
lassen sie deine Augen zärtlich los……

소녀들에 대하여

다른 사람들이라면 먼 길을 나서서
유원(悠遠)한 시인을 찾아내지 않으면 안된다.
누구에게나 묻지 않으면 안된다.
혹시 시인이 노래하는 것을,
현악기를 켜는 것을 보지 못했느냐고.
그러나 소녀들은 묻지 않는다,
어느 다리를 건너 삶의 모습에 이르게 되느냐고.
다만 미소지을 뿐,
은그릇에 담은 진주 목걸이보다 더 밝게.

소녀들의 생명의 문은
모두 시인에게로,
세계로 통하고 있다.

VON DEN MÄDCHEN

Andere müssen auf langen Wegen
zu den dunklen Dichtern gehn;
fragen immer irgendwen,
ob er nicht einen hat singen sehn
oder Hände auf Saiten legen.
Nur die Mädchen fragen nicht,
welche Brücke zu Bildern führe;
lächeln nur, lichter als Perlenschnüre,
die man an Schalen von Silber hält.

Aus ihrem Leben geht jede Türe
in einen Dichter
und in die Welt.

표　범

지나치는 창살들로 그의 눈길은
너무 지쳐 아무것도 보지 못한다.
오직 수천의 창살만이 있는 듯하고,
그 수천의 창살 뒤에 세계는 없는 것 같다.

탄력 있고 힘찬 소리도 나지 않는 걸음걸이는
아주 작은 원을 그리며 맴돌고 있다,
크나큰 의지가 마비되어 서 있는
하나의 중심을 도는 힘의 무도와도 같다.

오직 때때로 눈동자의 꺼풀이
소리없이 열린다——그러면 한 가지 모습이 그 속에 비쳐들어
고요한 사지의 긴장을 뚫고 지나간다.
허나 다음에는 그 흔적조차 남지 않는다.

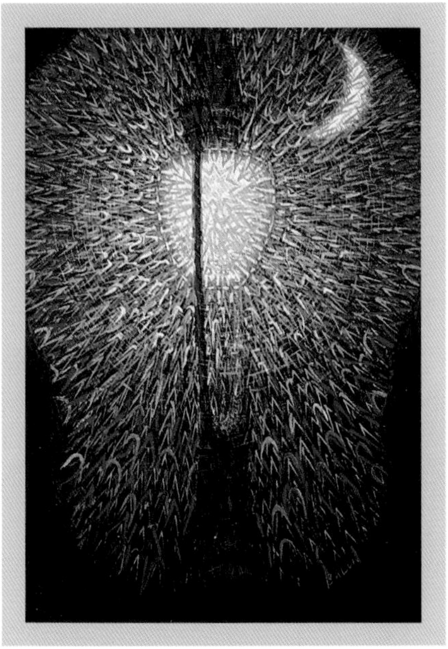

DER PANTHER

Sein Blick ist vom Vorübergehn der Stäbe
so müd geworden, daß er nichts mehr hält.
Ihm ist, als ob es tausend Stäbe gäbe
und hinter tausend stäben keine Welt.

Der weiche Gang geschmeidig starker Schritte,
der sich im allerkleinsten Kreise dreht,
ist wie ein Tanz von Kraft um eine Mitte,
in der betäubt ein großer Wille steht.

Nur manchmal schiebt der Vorhang der Pupille
sich lautlos auf —. Dann geht ein Bild hinein
geht durch der Glieder angespannte Stille——
und hört im Herzen auf zu sein.

「신시집」 중에서

인간의 근원적인 고독의 시인

——릴케의 시세계(詩世界)——

송 영 택
(시인·서울대 독문과 강사)

라이너 마리아 릴케 *(Rainer Maria Rilke, 1875~1926)*의 문학적 생성 과정을 작품집으로 구분해 보면 대략 다음과 같이 나눌 수 있다.

(1) 낭만적인 동경과 꿈에 집중한 「제1시집」과 「초기시집」.

(2) 신(神)의 탐구. 그러면서도 인간보다 신의 우위성을 인정치 않는 범신론적인 신앙 고백서인 「시도집(時禱集)」.

(3) 존재 양식의 형상화에 성공한 「형상(形象)시집」.

(4) 자아와 사물과의 사이에 하나의 차원을 이룩하는 「신시집」. 투명한 지성으로만 이룩할 수 있는 이 작품들의 구상적(構想的) 발견과 객관적인 조각성(彫刻性)의 아름다움은 어느 누구의 회화보다도 조형적이다. 위대한 조각가 오귀스트 로댕의 영향이 크게 작용하고 있다.

(5) 사랑과 고독의 독자성을 해명한, 20세기의 가장 아름다운 산문인 「말테의 수기」.

(6) 이상의 것들을 모두 종합하면서 동시에 삶과 죽음을 극복하는 찬가 「두이노의 비가」와 「오르포이스에게 바치는 소네트」.

이상의 작품집 중에서 「말테의 수기」를 제외한 시집 하나하나에 대하여 간단한 설명을 붙여 보면 다음과 같다.

제1시집

첫시집인 「가신(家神)에게 바치는 제물」(1896년)과 「꿈을 왕관처럼 쓰고」(1897년), 「장림절」(1898년)의 세 시집을 한 권으로 묶어서 1913년에 발간한 것이 「제1시집」이다.

동경과 환상과 불안과 자아 모색으로 파랗게 채색되어 있는 소박한 민요조의 「가신에게 바치는 제물」과 상냥하고 훈훈한 꿈이나 순수한 사랑을 솔직하게 노래한 「꿈을 왕관처럼 쓰고」는 엷은 안개 속에 싸여서 아직 독자적인 경지를 이루지 못하고 있으며, 「장림절」도 개성적인 면을 보여 주는 시가 약간 있기는 하나, 역시 아직도 자기 형성의 과정에서 방황하고 있다. 특히 그 운율의 기조(基調)는 하이네의 영향권에서 벗어나지 못하고 있다.

그러나 강렬한 자아 모색과 직접 체험한 것만을 노래하는 그의 시작(詩作) 태도는 「형상시집」의 기초가 되고 있다.

초기시집

그런데 다음 시집인 「나의 축제에」(1899년)는 인상과 상징이 묘하게 교차하는 릴케 특유의 세계를 보여 준다.

특히 소녀를 주제로 하는 일련의 작품들은, 릴케가 타고난 여성적인 면인 섬세한 직관과 깊은 이해력 그리고 고귀한 품위를 지니게 된다. 언어, 형식, 운율 등이 다른 외계의 영향에서 벗어나 비로소 릴케 특유의 것으로 형성되어 가며, 자기 형성의 과정에서 목표 없이 방황하는 릴케의 동경도 조금씩 성숙해 간다. (1898년에 완성한 시극 「새하얀 옷을 입은 귀부인」을 덧붙여서 1909년 재간할 때 「초기시집」으로 제목을 바꾸었다.)

시도집(時禱集)

1889년 4월 하순에서 5월에 걸쳐 릴케는 러시아를 여행하고 왔다. 이 러시아 여행은 릴케의 전생애를 통하여 획기적인 큰 체험이었으며, 독일 본래의 신비주의가 아름답게 결정된 「시도집」(1905년)에 그것이 크게 반영되어 있다.

이 시집에서 릴케는 어디에서든 신(神)을 찾아내고 또 느끼고 있다. 수목이나 돌멩이 속에서도 그리고 꽃, 어린 아이, 행복, 죽음 등…… 무엇이든 우리들의 눈에 보이고 또 느낄 수 있는 것에는 모두 신이 깃들어 있어서, 우리들이 그의 이름을 불러 주기만 하면 된다는 것이다. 그러나 릴케는 인간보다도 신의 우위성을 조금도 인정하지 않고 있으며, 인간과 신의 동위성을 주장하고 있다.

형상시집(形象詩集)

「형상시집」(1906년)에 수록된 작품들은 1889년에서 1906년 사이에 씌어진 것인데, 한스 카롯사는 이 작품들을 "새로운 한 인간성의 비극적인 언어"라고 말하고 있다.

강렬한 체험이 작용함으로써 대상 하나하나의 충실한 표현이나 내용의 통합이 한층 치밀해져 있는 「형상시집」은 존재 양식을 형상화한 것인데, 특히 〈가을〉이나 〈가을날〉 같은 것은 우리에게 아주 미묘한 음악을 연상케 한다.

신시집, 신시집 별권(新詩集, 新詩集 別卷)

1903년에서 1908년 사이에 씌어진 「신시집」(1907년)과 「신시집 별권」(1908년)은 로댕의 영향으로 이루어진 것인데, 릴케는 엘렌 케이에게 보낸 편지에서 그 무렵을 이렇게 말하고 있다.

"나는 지금 로댕의 곁에서 살고, 로댕과 함께 풍요한 하루하루를 보내는 행복을 가졌습니다. 그를 둘러싸고 있는 생활은 건너 둑이 보이지 않는 흐름입니다. 나의 하루는 관찰과 경청으로 지나갑니다. 우선 지금 저는 퍽 행복하다고 그렇게 이야기해 둡니다."

〈표범〉 〈바다의 노래〉 〈이별〉 등의 작품이 보여 주는 구상적 발견과 객관적인 조각성과 아름다움은 언어가 표현할 수 있는 가능의 한계를 넓혀 주고 있다. 릴케는 이 작품들을 쓰던 무렵을 이렇게 추억하고 있다.

"저는 아무것도, 누구도 기다리고 있지 않았습니다. 전세계는 하나의 과제가 되어 언제나 저의 곁으로 흘러오고, 저는 또 명확하게 순수한 작품으로 그것에 대답하였습니다. 그때의 그 파리 시절은 저의 가장 행복한 시절이었습니다."

두이노의 비가

1912년 1월에 두이노의 성(城)에서 착수되어 1922년 2월 뮈조트에서 완성된 10편의 「두이노의 비가」(1923년)는 릴케의 그때까지의 모든 작품이 혼연한 일체를 이루며, 동시에 삶과 죽음을 극복하고 그것을 긍정하는 찬가라 할 수 있다. 세계제1차대전을 포함하는 10년 동안에 릴케가 체험한 고뇌와 생장이 여기에 결정된 것으로써, 인간으로서나 시인으로서의 릴케가 도달할 수 있는 최고의 경지를 보여 주는 것이다.

10편의 비가는, 진실한 결실을 위하여 끊임없이 전신(轉身)하여 죽음의 속까지 정화되어 가는 사람만이 참으로 인생을 영위하는 것이라고 노래하고, 또한 인생에 있어서 가장 진실한 것이라고 믿어지는 사랑이 사실은 고독하고 괴로운 것이며, 언제나 주는 것이며, 너와 나의 사랑이 결코 일체가 될 수 없는 개별적인 것이라고 노래하고 있다.

오르포이스에게 바치는 소네트

「오르포이스에게 바치는 소네트」(1923년)는 어느 죽은 소녀를 위하여 쓴 것이다. 「두이노의 비가」의 마지막 시가 완성되기 직전과 직후에 걸친 약 20일 사이에 (1922년 2월 2일~23일) 즉흥적으로 55편의 소네트가 한꺼번에 흘러나온 것이다.

여기서도 릴케가 노래하는 대상은 종전과 다름이 없다. 달라진 것은, 대상의 외형을 묘사하려 하지 않고 본질의 표현에 중점을 두고 있다는 것이다. 색채와 형체의 아름다움을 피하고, 눈에 보이지 않는 것을 귀로 들으려 하고 있다.

이상은 릴케의 시에 대한 지극히 표면적이고 단편적인 해설에 불과하지만, 릴케의 전체를 어느 정도 파악하는 데는 약간의 도움이 될 것이다.

당시 오스트리아의 영토였던 보헤미아의 수도 프라하에서 1875년 12월 4일에 태어난 릴케는 1926년 12월 29일 오전 5시 스위스의 발몽 요양소에서 51년 25일의 생애를 마쳤다. 손님을 위하여 장미를 꺾다가 그 가시에 찔려, 그것이 화농한 것이 원인이었다.

그의 묘비에 새겨져 있는 다음과 같은 글은 생전에 그가 자신의 묘비명으로 미리 써 두었던 것이다.

장미여, 아 순수한 모순이여,
겹겹이 쌓인 그 많은 눈꺼풀 아래서
누구의 것도 아닌 잠을 자는 기쁨이여.

세계
명시
선집

□ 옮긴이 - **송 영 택**
서울대학 문리대 독문과 및 동대학원 졸업 / 현재 서울대학 독문과 강사 / 한국문인협회 이사 / 시인으로 작품활동중
▶ 역서(譯書) – 「릴케 시집」, 「헤르만 헤세 시집」 / 「게르트루트」, 「데미안」, 「싯달타」, 「지(知)와 사랑」 / 「잠 못 이루는 이 밤을 위하여」(카알 힐티), 「삶과 죽음의 번뇌」(쇼펜하워), 「성(聖)처녀」(프란츠 베르펠) 외 다수

세계명시선집 〈2〉 **릴　　케**
혁신 초판 발행　2021년 8월 31일
옮 긴 이　송 영 택
펴 낸 이　최 석 로
펴 낸 곳　서 문 당
주　　소　경기도 고양시 일산 서구 덕산로 99번길 85
우편번호　10204
전　　화　031-923-8258
팩　　스　031-923-8259
창립일자　1968년 12월 24일
창업등록　1968.12.26 No.가2367
출판등록　제 406-313-2001-000005호
ISBN　978-89-7243-814-4
초판 발행　1991년 11월 20일
＊파본은 바꾸어드립니다.